协会系列丛书

洒丁小诗

著

TONGSADING XIAOSHI

敦煌文艺出版社

图书在版编目（CIP）数据

统洒丁小诗 / 郑有仁著 . — 兰州：敦煌文艺出版社，2020.12（2021.8重印）
ISBN 978-7-5468-1996-9

Ⅰ．①统… Ⅱ．①郑… Ⅲ．①诗集－中国－现代 Ⅳ．① 1227

中国版本图书馆 CIP 数据核字（2020）第 259037 号

统洒丁小诗

郑有仁 著

封面题字：张长进
统　稿：张　军
责任编辑：田　园
封面设计：孟孜铭

敦煌文艺出版社出版、发行

地址：（730030）兰州市城关区曹家巷1号新闻出版大厦

邮箱：dunhuangwenyi1958@163.com

0931-8121698（编辑部）

0931-8773112　8120135（发行部）

北京一鑫印务有限责任公司印刷

开本　880 毫米×1230 毫米　1/32　印张　12　插页　1　字数　170 千

2020 年 12 月第 1 版　2021 年 8 月第 2 次印刷

印数：1501～3500 册

ISBN 978-7-5468-1996-9

定价：56.00 元

如发现印装质量问题，影响阅读，请与印刷厂联系调换。

本书所有内容经作者同意授权，并许可使用。

未经同意，不得以任何形式复制转载。

诗意的修行（代序）

秋，是厚重的。是它给了春希冀的劳作以丰实的馈赠。窗外田畴葱茏，一派丰收景象。秋阳暖暖的，甜甜的。临窗倚栏而坐，伴着"白沙溪"那幽幽的清香，披览老友郑有仁先生的诗词——《统洒丁小诗》，实为秋日中的一大享受。

打开诗集，一股清新而熟悉的通脱气息扑面而来。凡目耳之所接者，杂然有触于衷，而发于歌咏。诗歌的字里行间，充满着为人生目标，奋斗不懈的欢快与艰涩。在田间、在荒原、在杏坛，步履清晰而深沉，引人遐思，回味久远。由此而深感一个劳作者在收获时心情的愉悦与慨叹，与"果实事业的尊贵（泰戈尔语）"。

我同有仁君相识已是三十年前的事了，深知君之勤奋，君之追求。无论执教抑或从政，孜孜矻矻，不辍笔耕，在这物欲横流的时代确为难得。他将数十年生活的缩影诗化存之，以丹纳所谓"最有意味的形式"而表现，而记述，确也是其生活阅历的丰富与文化积淀厚实、思维触角敏捷而由之。掩卷而思，犹若见霜鬓老友俯身劳作的背影。

有仁君富有故乡情愫。虽已走出家乡数十年，而梦绕魂牵的仍是那片充满养育之情的热土。他的家乡有一座明末清初的佛阁，乡亲们常常去那里焚香祈祷五谷丰登，平安康泰，传说有求必应，故而远近以"统灵阁"称谓其名。有仁君遂将这个充满期望、盈溢乡情的古阁作为诗的意境寄托，愿一生为"统洒丁"洒扫其中，拭菩提之尘、净心境之垢而效力家乡。君之弥弥乡愁深沉可见。"父亲扫除我洒水"，一种浓烈的生活场景带着古朴的乡味，富有动感，让人过目不忘，迷恋其中。是啊，乡愁如烟亦如酒！每念于此，便感鲁迅先生话语之真切："诗文也是人事。既有诗，就知道于世事未能忘情。"

刘勰言，"诗，心之迹也"。读君之诗总感"国风"习习，爽人身心。其间现实的记述与浪漫的铺陈，架构起了诗国色彩的缤纷和斑斓。有"川谷遍地金"的喜悦，有"操场当纸风作乐"的欢畅；有"水影龙起舞"的联想，也有"穿越东海航大洋"的激越。"青天淡月日影斜""栽秧插柳绿村社"，在这充满闲情逸致的场景里漫步，不时也会引发"阅尽百年沧桑事"的感慨。至此，让人不禁感到"五柳先生"种菊南山的悠然襟怀。

有仁君擅长捕写稍纵即逝的灵感。他用文学的敏感作"经"、细腻的笔触为"纬"，以诗结"网"，细心"捕捞"着浮现在生活长河中点点滴滴的感悟与触动。"慈母三更炉火旺"刻画出母对儿的深爱，"忠告我辈利天下"映衬出恩师对爱生的期望；"英年魂飞伶仃涯"流露的是对故去友人的不舍和思念，"大漠起风不见尘"则洋溢着环境变化后的畅然之情。心迹之陈，不一而足。

有仁君诗无冗长之笔，却有绵长之情。他以梦为马，在诗的莽原上，唱出了数十年社会变迁的"长调"；也在诗的街景里，定格了一段段难以忘却的真诚。在"统灵阁"的炼狱里，他愿作一"丁"，化诗作"帚"，洒扫修行。我想，这不仅仅是为自己心灵的造化与自我的完善吧！

意犹未尽，聊算一序，且为吾老友助兴耳！

建文于颐轩南窗下　　戊戌年重阳节

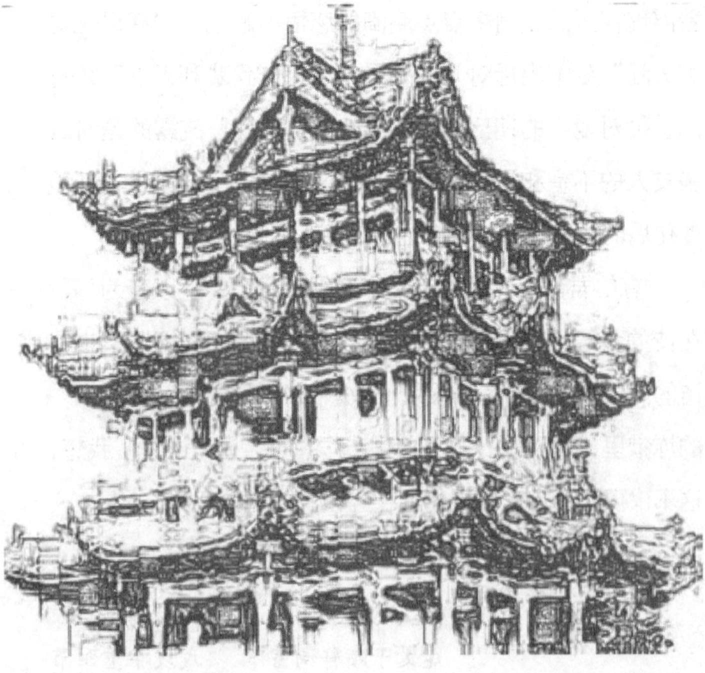

目录

001	忆幼儿时
002	忆小学
003	忆初中
004	毕业之后（二首）
006	高中毕业
007	春　耕
008	春节革命化（二首）
010	当民办教师
011	永登红专学校进修
012	进修班结业
013	夏　收
014	普及高中（二首）
016	读《行船》图
017	一粒粮食
018	读《西湖》图（一）
019	读《西湖》图（二）
020	读《西湖》图（三）
021	读《西湖》图（四）
022	读《平湖秋月》图（一）
023	读《平湖秋月》图（二）
024	读《西湖宝俶塔》图
025	寄张徐二君
026	怀念自贵
027	杂　感
028	大变的日子

1

029	赞老教师
030	思　亲
031	空相思
032	理想之妻
033	看望引大三友
034	五泉山
035	中秋抒怀
036	赞引大工程勘测组
037	中秋独思
038	遥想表弟青海当兵（二首）
040	羡慕铁托
041	祭人民英雄
042	麦　揞
043	答永录同学
044	小关河滩读书
045	淘　沙
046	夏　风
047	孟　春
048	仲　春
049	季　春
050	冬　梦（四首）
052	弦　妹
053	情　郎
054	英　菇（三首）
056	望　夫

057	寄正义
058	他见到
059	读《孤山放鹤亭》图
060	贺张二哥大婚
061	勿忘我
062	潇湘神画卷（二首）
064	送一程（二首）
066	河 影
067	外祖父十年祭
068	榆 树
069	吻和风
070	琴（二首）
072	新春赞改革
073	遇故知
074	父 容（二首）
076	参加全县新闻报道会
078	新闻报道会结束（二首）
080	回到七山
081	偶 感
082	今 昔
084	随 谈
085	年关将近
086	除 夕
087	初 一
088	弟弟成婚

089	人　生
090	玉　竹
091	母亲的饺子
092	七山观音中学（二首）
094	读书声
095	四　自
096	笔　尖
097	凭吊父亲
098	新六中
099	待客与做贼
100	再品七山西瓜
101	美誉张大嫂
102	苦水三宝
103	全县兴农八字方针
104	巧合八二八
105	市委农村工作会
106	杏花节偶感
107	扶贫开发
108	树屏四件事
109	大办乡企
110	敢问路
111	支援西槽平田
112	政府办公房迁址
113	别了，树屏！
114	农业产业化

115	悟放松认真
116	龙泉中学再迁址
117	日光温室
118	学习何延忠
119	洋 芋
120	西 芹
121	拜见百年老师
122	一月红提
123	说鹦鹉
124	颂马年（二首）
126	说苍辰（二首）
128	会宁县抓教育
129	吊宋国栋书记
130	上川 移民（二首）
132	县作协天祝石门沟笔会
133	中秋登山
134	读《古塞春风》画
135	赠存瑞同学
136	官 场（二首）
138	读《高举旗帜 讴歌伟业》
139	住院乐
140	抗击"非典"
141	仙芝捐款莫高窟
142	赠友人（二首）
144	读《成功之路》

145	读《不在远方》
146	赏皋兰梨花（三首）
148	天祝赛马会
149	科学发展观
150	取消农业税
151	振兴三农
152	送怀舜老师一程（二首）
154	送三子创业
155	下乡归来
156	永登县地名诗
157	一送伊人
158	读《东周列国志》（二首）
160	二送伊人
161	三送伊人
162	中秋短信
163	雨
164	四送伊人
165	物是人非
166	中秋遥望张掖郡王刚（二首）
168	步原韵和崔教授
169	兰州仙境吐鲁沟
170	步原韵和通川先生
171	水
172	步原韵和崔君诗（二首）
174	赠兰州仙境有仁

176	护林防火会想起（二首）
178	初遇徐场长
179	马营佛学院
180	扑火演练（四首）
182	崔院长贺年卡
183	迎元日并送伊人
184	戊子元宵短信
185	神探狄仁杰
186	雪
187	郎君升职
188	奥运端午
189	再送伊人
190	乘车游吐鲁沟
191	登天梯峰
192	赏花有感 兼寄崔教授
193	永登六中成立三十周年暨新校园落成庆典
194	秋　韵
195	录：伊短信（二首）
196	树　菇
197	五一颂
198	保护区上交兰州市
199	端阳愉悦
200	赴连古城保护区考察
201	步原韵和伊

202	马场沟偶得（二首）
204	保护区随感（二首）
206	林业厅护林防火会（二首）
208	苏秦之死（二首）
210	贺宏云迁新居
211	冬　至
212	平安夜回崔教授
213	连城松
214	张家鄂博
215	派出所三十周年
216	性忠师兄的箴言（四首）
220	参加全市林政执法座谈会
221	行政人员考核
222	工勤人员考核
223	北极星
224	东风第一枝
225	《连城自然保护》创刊
226	感悟人生（二首）
228	2010年政协迎春茶话会
229	迎新春短信
230	钱
231	学　习
232	办丧事
233	看时间
234	雷

235	敬酒归来
236	酷夏迎嘉宾（二首）
238	县政协调研通远团庄村（二首）
240	全省棚危改会（二首）
242	赏　月
243	黄　叶
244	咏　秋
245	郑伯克段
246	防火指挥部迎春茶话会
247	初探吐鲁沟钟乳洞
248	二探钟乳洞
249	初春映雪
250	忆初访张国宏老先生（二首）
252	闹春雪
253	病中望月
254	森林起火（组诗）
256	护林员（三首）
258	感　受（二首）
260	天祝三峡景区庆典
261	真　空
262	金银露梅
263	皂　角
264	苔　藓
265	林间鸟鸣
266	红　桦

267	林间清风
268	项 羽
269	刘 邦
270	张 良
271	孙 子
272	孙 膑
273	李 斯
274	张掖全国湿地保护高研班（二首）
276	黑 河
277	张掖行兼赠王刚同学
278	火焕忠孩子上天津大学
279	雾中细雨
280	泉沟护林点（二首）
282	二访张国宏老先生（二首）
284	苦水玫瑰节遐想
285	枝阳古镇
286	颂玫瑰节
287	神舟天宫对接
288	心境如絮
289	说 孝
290	闻兴道君西归（二首）
292	家有黄菊（组诗）
294	拜望秀达
295	讴歌生态文明建设
296	林业厅保护管理会有感（二首）

298	驻防官兵归建（二首）
300	录：龙凤呈祥
301	听感恩歌
302	连管局三孩高考中榜
304	敦煌沙漠
305	盐池湾保护区
306	亲临玉门关
307	观雅丹地貌
308	阳关遇故人（二首）
310	沙州 瓜州
311	朝发嘉峪关
312	师 颂
313	竹林沟初冬
314	录：山人诗四首
316	祭拜恩师（二首）
318	菩提花发
319	送旺贤兄退休
320	为孩子结婚而歌（二首）
322	颂馥馨生态园
323	赠存瑞同学荣退
324	水磨沟追彩虹（二首）
326	保护区之秋（二首）
328	"小雪"降小雪
329	年近甲子有感
330	考察陕西太白保护区（二首）

332	读张大千《连城享堂峡》画
333	读米德昉《吐鲁小境》画
334	市局"三严三实"研讨会
335	貔貅
336	吃榆钱
337	胡家湾
338	鸟巢五卵照片
339	贺赛拉隆乡文体运动会开幕
340	郑家墩下话古今
341	贺《红山村史》发行
342	逗孙乐（组诗）
346	关公与保护区（二首）
348	开心农场（二首）
350	贺大智叔大婚
351	贺惠花出阁
352	讴歌新时代
353	苍辰换新岗
354	寻桃源（二首）
356	重游杏花村（二首）
358	录：探幽甘州
359	永洲创业
360	逢国道君（三首）
362	改革开放四十周年习主席讲话有感

忆幼儿时

睁眼便见国旗红，

"母亲乳汁"汲腹中。

下河捕鱼钻树林，

上山观日照长空。

忆小学

发小先后进校园,

社会主义记心间。

齐声高唱"东方红",

宣誓先锋队旗前。

忆初中

学好语文数理化,

走遍天下都不怕。

电灯明亮机声隆,

柏油马路修到家。

毕业之后（二首）

一

生产队①里用人急，

考勤会计先兼职。

测渠挖井扩水田，

菌肥培基增粮食。

二

志愿报名冀军参，

热血为国守边关。

名额限定不如愿，

广阔天地做贡献。

1974.12.31

---

①生产队是中国社会主义农业经济中的一种组织形式。在农村，它是劳动群众集体所有制的合作经济，实行独立核算、自负盈亏。生产队的土地等生产资料，归生产队集体所有。生产队在国家计划指导下，有权根据本队的实际情况因地制宜地编制生产计划，制定增产措施，指定经营管理方法；有权分配自己的产品和现金；在完成向国家交售任务的条件下，有权按国家的政策规定，处理和出售多余的农副产品。生产队作为一种组织，具体存在的时间为1958年至1984年。实行家庭联产承包责任制以后随着人民公社解体，绝大多数地区按照生产队辖域直接过渡到村民小组。

高中毕业

毕业典礼雪花飞，

一颗红心[①] 两准备[②]。

赶学大寨山造地，

万人会战不觉累。

1974.03.31

[①] "一颗红心"是指为实现祖国的社会主义现代化而攀登文化科学高峰的革命理想。
[②] "两手准备"有两种解释：一是考上全日制大学；如果考不上，则坚持自学或业余学习。二是考上大学继续深造；如果考不上，回乡劳动，参加社会主义建设。

春 耕

"抓革命"口号阵阵，

"促生产"户户备耕。

"庄稼如花"①肥当家，

"八字宪法"②粮翻身。

1975.02.28

---

① 庄稼如花，流行于劳动群众的口头语："庄稼一枝花，全靠肥当家。"
② 农业八字宪法，1954年9月，周恩来在第一届全国人民代表大会第一次会议上所做的《政府工作报告》中首次提出了"建设现代化的农业"这个概念。毛泽东深知科学技术对发展现代农业的重要性，极力提倡选种、改进耕作方式，并提出了"农业八字宪法"(即土、肥、水、种、密、保、管、工)，影响当代中国农业20多年。

春节革命化（二首）

一

提倡春节革命化，

队长只放半天假。

父亲扫除我洒水，

贴副楹联过年吧！

二

喜迎春节杀只羊,

全队社员都分光。

骨头精肉搭均匀,

家家炊烟又飘香。

1975.02.11

当民办教师

回乡劳动满年整,

凭着介绍入校门。

纸墨粉笔学校发,

爱好理科派语文。

1975.3.01

永登红专学校进修

读书九年学业浅,

推荐教学当民办。

摇头晃脑腹中空,

盼望进修赴红专。

1976.03.17

进修班结业

赵钱赴永秦[①],

孙李分河津[②]。

你我离别意,

红专培训人。

此处多知己,

三川[③]若比邻。

罗马条条路,

不沾儿女巾。

1976.07.16

---

① 永秦指永登县秦王川一带。
② 河津指庄浪河、大通河两岸。
③ 三川指永登县的秦王川、庄浪川、八宝川。

夏 收

长霞少时暝，

吴刚挂天空。

沸风吹不尽，

处处夏收人。

农民大快事，

川谷遍地金。

多得万石粮，

亥时方进门。

1976.08.10

普及高中（二首）

一

普及高中速扩建，

校址选定马趟山。

乐与高兄①扛大梁，

土木结构师生干。

二

土墙土室土讲台，

教鞭指处毛塞开。

操场当纸风作乐，

德红智专育人才。

1976.08.25

---

①高兄，指高怀舜老师，身体强壮，扛"人"字梁非我二人不可。

读《行船》图

长江波涌天际远，

上有急船行江面。

穿越东海航大洋，

谁敢弄潮谁为先。

1977.08.10

一粒粮食

一粒粮食金灿灿,

种耘收藏汗水换。

母亲视它如珍宝,

看轻钱财万千贯。

1977.12.31

读《西湖》图 (一)

东方初晴,

紫燕依风戏江心。

楼阁近水绿波生,

水映龙起舞,

古来名胜西湖。

诗人对酒,

屈平《橘颂》音犹悠,

放逐大作垂千秋。

折腰竞向前,

四化宏图烂漫。

1978.10.11

读《西湖》图 (二)

西湖疑似瑶池潭，

月貌风清艳牡丹。

翠掩田舍稻花香，

丽人相会金色年。

     1978.10.11

读《西湖》图（三）

杭州西湖美，

青青岸上兰。

游人忘归路，

西子舞翩跹。

1978.10.11

读《西湖》图(四)

杭州西湖游,

莺燕放歌喉。

柳叶依依生,

美人下翠楼。

> 1978.10.11

读《平湖秋月》图 (一)

平湖长廊游人爽,

秋月正圆乾坤朗。

依稀山菊带露笑,

水波涟漪低吟唱。

1978.10.11

读《平湖秋月》图（二）

秋月入平湖，

碧波留影处。

牵手约黄昏，

恋人青春度。

1978. 10. 11

读《西湖宝俶塔》图

西湖宝俶塔刺天,

莲叶绕城郭云闲。

许仙白娘子断桥,

缔结有情人良缘。

1978.10.11

寄张徐二君

明天大义我思念，

困顿之交藕丝连。

午休梦醒鸿雁至，

望尘二兄策马鞭。

闻铃犹记执教事，

发愿业满回龙泉[①]。

1979.07.11

[①]龙泉中学任教时，结义张明天、徐大义二兄。二兄人品厚实，默默奉献，见信动情，愿兰州师范毕业后同站讲台。

怀念自贵[①]

明月东升长相忆,

长夜无眠低头思。

天山古道兵车行,

满载你我两情意。

1979.09.17

[①] 自贵,童自贵,儿时玩伴,非常要好,从军于新疆喀什、和田、阿克苏。

杂　感

西风落叶求学时，

辞母溯河拜恩师。

丈夫胸竹能屈伸，

君子渊学兼行志。

汨罗江边吟《离骚》，

文王羑里演《周易》。

不奏魏武元祖曲，

少弹老调图破壁。

1979.09.17

大变的日子

九州热浪卷半空,

群情激奋战旗红。

陇原儿女多奇志,

赶日超美献忠心。

1979.09.18

赞老教师

教学暮年添精神，

讲台不忘春蚕情。

气息尚存精授业，

丹心照人留芳名。

    1979.09.22

思 亲

光阴流逝贵如金，

天旋地转遥无垠。

低头看花落花开，

花开花落倍思亲。

1979.09.30

空相思

庄浪滩头雁飞过，

望穿云儿北斗落。

觅捕佳期何年月？

蹁来宛去安慰我。

1979.09.30

理想之妻

手持翡翠插云鬓,

贤惠淑德又娉婷。

两心相印冰雪融,

琴瑟和律结知音。

1979.09.30

看望引大三友

枯草吹下山,

身上缺衣棉。

踊跃上引大,

沙沟龙家湾。

凿山虎口裂,

夜班油灯暗。

御寒土窑洞,

果腹粗杂面。

美餐红薯片,

别时祝宁安[1]。

1979.10.01

---

[1]20世纪70年代中后期,引大工程——即引大通河水入秦王川,使86万亩旱地变水田。土法上马,凭人力开挖,劳动条件艰苦至极,生活条件更艰苦。救济粮是红薯片,从外地调来,救济困难地区。我村(龙泉寺镇胡家湾村)民工居住地在柳树乡龙家湾沙沟,看望的是陈永胜、陈世忠、方生金三友。

五泉山

五泉绕溪间,

百花胜春天。

拨乱开迷津,

反正祛邪念。

1979.10.04

中秋抒怀

"人"字大雁头顶越,

凯歌迎来中秋节。

要知心中想何事?

建设祖国洒热血。

1979.10.04

赞引大工程勘测组

大通河咏造福声,

祁连山麓勘测人。

踏遍青山觅龙踪,

开渠引水济苍生。

1979.10.04

中秋独思

秋菊含霜笑,

迷人魂飘摇。

东风大潮起,

男儿壮志高。

1979.10.04

遥想表弟[①]青海当兵（二首）

一

信步河畔看清流，

浪花轻奏信天游。

表兄爱唱怀念曲，

日暮不见满怀愁。

二

青海湖水波连波,

湖边往来行人多。

表弟相隔数重山,

凝望下弦[②]无情落。

1979.12.09

---

①表弟,薛文新,青海当兵。
②下弦,农历十月二十日之月。

羡慕铁托

黎明寒风劲吹雪,

校园杨柳挺巍峨。

观世界潮流莫测,

看巨人欧洲铁托[①]。

1979.12.08

[①] 铁托(1892年5月7日—1980年5月4日),国际共产主义战士,南斯拉夫政治家、革命家、军事家、外交家。曾任南斯拉夫社会主义联邦共和国总统、南斯拉夫共产主义者联盟总书记、南斯拉夫人民军元帅。在第二次世界大战中为反抗德国法西斯侵略、赢得国家独立立下了汗马功劳。曾登上美国《时代》周刊封面。战后推行"不结盟运动",反对苏联的干涉。在20世纪反对霸权主义、提高第三世界国家地位方面留下了深刻的印迹。1954年1月31日,铁托拒采用苏联的中央集权政府模式。

祭人民英雄

人民英雄气如虹,

赤胆忠心献生命。

热血洒地地沸腾,

万古千秋照汗青。

1979.12.26

麦 摞

场上麦摞钻天高,

风飘白云摞尖绕。

玉皇俯叹勤劳人,

乡村老少乐温饱。

1979.12.26

答永录同学[①]

莫道梅花不随春,

只因初春未解冻。

鲲鹏奋翼九万里,

北冥南海可容身。

霜叶自落不借风;

秋云翻卷亦空阴。

试登昆仑望长安,

山比楼高数千层。

1979.12.27

[①]永录,名刘永录,民乐乡人,兰州师范同学。

小关河滩读书

日照河滩阳气升,

时光催人无须问。

小关苦读清风知,

来年才兴惊他人。

1980.03.28

淘 沙

田野杨柳春芽展,

小河浑水流得远。

乡亲淘沙搞副业,

祖国建设露笑颜。

1980.04.28

夏 风

庄浪河,

微微生暖波,

夏风南来悠然过,

举杯美酒道声别,

去哉创伟业。

创伟业,

增光共和国,

万众团结齐拼搏,

华夏聚力搞改革,

咏哉大跨越。

1980.06.30

孟 春

院南杏蕊[①]散微香，

小燕家族回北方。

新政送暖入巷陌，

遍地春播送夕阳。

1981.03.22

[①]院南杏蕊，老家院南的土台上，父亲从外祖父家拿来四株大接杏苗子栽上。外祖父家的大接杏既大又肥又甜，还成熟早，移到我家，变了质，既小又瘦多酸，还成熟迟，原因是干旱、缺少水分，花骨朵也小，但是花的香味特别浓，或是夜间，或者闭上眼，不见树，香味早已沁人心脾，精神爽快。

仲 春

远望西山好嵯峨，

两岸麦苗欲拔节。

栽杨插柳绿村舍，

耕地承包好政策。

1981.04.10

季 春

青天淡云日影斜，

孩童玩水恋小河。

农牧副业连高产，

米面柴油不再缺。

1981.05.04

冬 梦 (四首)

一

热炕美梦不胜收,

鲜霞彩云飘悠悠。

向往人间真幸福,

修身劳苦先铺就。

二

一颗诚心不畏冷,

二杯美酒待佳人。

借问缘何紧蹙眉?

知音情郎伴终生。

三

翠翘金雀夜明珠，

坠摇发髻路人睹。

追豪逐华蜃海市。

残花悲歌终入土。

四

东家小姐任风流，

相识无缘难携手。

清贫男儿才立志，

来年硕果迎佳偶。

1982年元旦

弦 妹

你含苞，她欲放，

红花绿叶散微香；

你来采，他要折，

这家那家费思量；

穷小子，频殷勤，

心捻情书血涌腔；

其意真，其志远，

面壁十年迎曙光。

1982 年春节初一

情 郎

人心红,红日升,

日照林梢花盈门。

粉面含春待闺阁,

盼望早归有情人。

1982.03.26

英 菇（三首）

一

春雨梨花次第开，

英菇红晕渗出来。

情窦萌动腾细浪，

丝线牵着联姻台。

二

玫瑰花发驿站川，

雁足传书到七山。

字字明眸行闪眉，

黄昏时节更依恋。

三

英菇聪哟英菇明,

清茶热饭含温馨。

身姿端庄映眼帘,

悄声细语心如镜。

1982.03.23

望 夫

凌晨力登望夫山,

黄昏冷卧泪涕衫。

噩梦惊醒日临窗,

双双蝴蝶嬉满园。

1982.03.26

寄正义[1]

抚摸春风匆匆过,

日照海池[2]泛金波。

听君无价肺腑语,

无视流言花自落。

1982.03.26

---

[1] 李正义,七山乡政府秘书,秉性耿直,共事四年。
[2] 七山乡政府驻地,庞沟村海涝池社。

他见到

花香鸟语小溪流，

草木萌发千山秀。

风和日丽艳阳天，

飞雪飘舞乐悠悠。

1982.04.14

读《孤山放鹤亭》图

孤山放鹤亭下景,

石阶盘桓梅有情。

左转右旋人信步,

湖光深处掩灵隐。

1982.04.14

贺张二哥大婚

北国雪映寒梅天，

上坪姻连瑞芝山。

张灯结彩[①]百年合，

火树银花同心圆。

1982.11.28

---

①张，暗指新郎张二哥；彩，谐音蔡，暗指新娘。

勿忘我

笛声和，

红衣临窗望断月。

望断月，

白雪景色，

坡前道别。

寄照山中冬至悦，

大通河滨佳音多。

佳音多，

视线阻隔，

春节叙说。

1982 年冬

潇湘神画卷（二首）

一

湘神愁，湘神忧，

湘神画卷艳风流。

心头眷恋忘饮食，

朝暮把九嶷① 神游。

二

泪相思,相思泪,

点滴莹花随叶飞。

白鸽苦海先探看,

匡衡②文山夜无寐。

1983年春

---

①九嶷,山名,在湖南,潇湘神所依之处。

②匡衡,凿壁偷光故事言他。

送一程（二首）

一

垂柳袅娜抽丝时，
庭院灯下双影依。
门外花草眠，
送我至河边。

二

玉容胜翡翠,

红烛分外香。

举目弯月新,

低头胸荡漾。

1983 年春

河 影

通河^①拍案泛银波,

君家福地驿站坡。

今日相思何?

花魂依偎我。

1983 年春

---

①通河,即大通河。

· 统洒丁小诗 ·

外祖父十年祭[①]

外祖父名李文江，

身手不凡好铁匠。

奔走四方勇挑担，

命运福报自主张。

1983. 清明

[①] 外祖父，1908年生，龙泉寺镇杨家营村人，1969年迁东山长涝池村。从业铁匠，体格像铁一样健壮，不信命运安排。教导我们做男子汉，敢担当。

榆 树

七山中学古榆树,

立定深山无人睹。

阅尽百年沧桑事,

笑诉师生用功苦。

1984.05.17

吻和风

朝吻和风气息春,

牛郎织女恋乡村。

人生路遥觅同心,

栽桃育李约黄昏。

1985.02.07

琴 (二首)

一

二玉今宵①衷心爱，

流水有情，

恋花独徘徊。

我问月老婚何在？

红线牵出文琴来。

二

药泉挑水诉情怀,

索句书信,

萧萧冬月白。

伺候家畜围锅台,

夜打毛衣灯花开。

1985.02.04（立春）

---

①二五今宵，琴字组合。

新春赞改革

月明星稀雄鸡声,

海陆空运出国门。

华夏潮涌变迁浪,

新居设宴富裕人。

1985.02.08

遇故知

偶遇发章[①]兄,

干杯夜酩酊。

翻侧历目事,

窗外西落星。

1985.02.11

[①] 陈发章,中川镇教师。

父 容 (二首)

一

磨难终生弱父亲,

五旬八载累艰辛。

追忆三年困难日,

二狼爪下①保残命。

二

他家腊月办年货,

父亲旦暮竟劳作。

长叹享乐镜中花,

拉扯儿女爬高坡。

1985.02.09

---

① 1961年春,家中缺粮,父亲背着几斤清油,去秦川换点粮食,翻过潘家沟蚬子(今龙中公路)遇两只狼,手提枸木棍子,搏斗了好长时间,在筋疲力尽之时,一辆马车过来,车上的老奶奶首先看见,指着:狼要吃人!车把式挥舞长鞭,吓跑两狼,救了父亲。两位救命恩人,最终没有找到,只能在心中感激。

参加全县新闻报道会

屋檐喜鹊连声叫,

参加新闻汇报到。

人坐车上,

心随燕飞,

父母养大欲展翅,

翅硬出窝冲天时。

晴空万里碧,

绚日高挂,

抬望眼,

一曲清歌出心间。

呀!

人间城郭换新颜,

广武①古驿舞彩练,

怎能不醉人?

紧迈步，

迈步紧，

而今我才始有用，

不负人民心。

1985.02.10

---

①广武，永登古称。

新闻报道会结束 (二首)

一

同坐礼堂谈新闻,

县长陈词喝彩声。

假大空虚痛革除,

真快新实好文风。

二

负重告辞县委楼,

新闻种子待秋收。

颗颗璀璨改革时,

粒粒发光映北斗。

1985.02.12

回到七山

七山贫瘠人才缺,

造就成批苦行者。

微薪糊口乐其中,

天寒衣单谋事业。

1985.02.13（腊月二十四）

偶 感

花开未赏怎又落？

年华流水莫蹉跎。

处处留心皆学问，

行行状元须拼搏。

1985.02.15

今 昔

一九八五,

瑞雪飘逸,

寿星报喜。

看河山壮丽,

乡富城裕;

礼炮齐鸣,

钢花怒放。

人才辈出,

英雄遍地,

华夏腾飞宇宙龙。

掐指算,

工农牧副渔,

再度翻番。

当年那样肃杀,

风吹雨打残花泪下。

那小丑作浪,

惨痛人寰;

比干殒命,

贤人退位。

打砸抬头,

白卷文凭,

不知天高快滚蛋。

皆腐朽,

勿使毒泛滥,

前车之鉴。

1885.02.14

随 谈

山外青山人后人，

年年月月长精神。

造父①妄识八骏马，

方孔②裙带裸竞争。

1985.02.16

---

①造父，相马师，周穆王御马师，为穆王精选八骏。
②方孔，俗称钱币。

年关将近

庄前村后杨柳新,

社火秧歌早迎春。

龙腾狮舞闹起来,

醉里挑灯月追云。

1985.02.16

除 夕

除夕接灶灯火明，

亲朋好友行酒令。

炖鸡焖猪香蒸雾，

共庆来年百业兴。

1985.02.19

初 一

爆竹盈空传康宁,

喜鹊登枝报喜音。

祝乎福禄祯祥寿,

赞曰仁义礼智信。

1985.02.20

弟弟成婚

咫尺姻缘红线牵,

佳偶交心立宴前。

喜事简办携双手,

同心协力绣家园。

1985.02.21

人 生

人生能有几春秋?

二十八载如梦游。

奋斗将来勤振作,

抛却往日无功愁。

1985.02.22

玉 竹

北水南流出乌鞘,

南雁北迁破天晓。

玉陷泥淖白如故,

竹焚荒岭气节高。

1985.02.23

母亲的饺子

霭气溢屋饺子香,

慈母三更炉火旺。

天下母亲心疼子,

子心却在石头上。

1985.02.24

七山观音中学[①]（二首）

一

观音中学夹山坳，
旱魃垂青水含硝。
杂面无菜撒把盐，
跳蚤臭虫彻夜闹。

二

求学花销卖羊毛，

粉笔擦子自己造。

粪蛋炉火煤油灯，

咸汗洒向观音道。

1985.04.11

---

①七山乡观音中学，位于七山乡东南部的深山沟里，两沟相会的台地上，一切靠天。一位老人说，天不下雨就是"五无一慌"即无粮、无水、无菜、无草、无钱，人心发慌。生活环境苦甲天下，卫生条件可想而知。然而人心向善，人心思变，人心图强，民风淳朴，热情好客。在一位老奶奶家吃早点，面茶加三个荷包蛋调上肉臊子再清油炝一下，还有炒洋芋丝、烫面饼子……如此，有谁不感动？怎能忘记？

读书声

久旱红柳苦涩萎,

校园陋室风吹灰。

洋芋窝头裹肚皮,

书声逐浪任鸟飞。

1986.03.18

四 自

自尊春花遍地开，

自爱夏风送凉来。

自励秋月千山朗，

自强冬雪万里白。

1986.04.01

笔 尖

热血倾注笔尖上,

线条挺拔绘形象。

笔划波浪抒情感,

耕耘理想播希望。

1987.03.05

凭吊父亲[1]

祖、父坟头红隼嫩,
细闻祖、父窃窃声。
父亲跪听祖父训,
"早入地府心太狠。"
父诉"阎君不宽容,
随风飘来拜先人。
母亲辞我未周岁,
终生寒暖少母疼。
五个儿女够劳力,
相扶相助传祖风。"
难还父爱泪腺涌,
化作秋雨润春耕。

1987.09.22

---

[1] 父亲,郑三俊,命运不济,苦中又苦。奶奶郁太君生下孩子十个月,不辞而别,爷爷郑重刚买来一只奶山羊,让孩子吃奶,羊通人性,听到孩子啼哭,主动跳上炕,给孩子喂奶。父亲稍长,抚养的困难越来越大,爷爷决定将父亲过继出去。已被一位张姓的老人抱走,但是大姑姑坚决不同意,她才十二岁,硬是把父亲揽下来,她要拉扯(大姑姑也是英年早逝)。奶奶走得早,父亲学会了做饭、针线活。先天不足,父亲的身体瘦弱多病。正当改革开放,生活好转,1985年腊月初七父亲去世,我和小妹(郑有菊)还未成家。

新六中

强县治穷先教育,

新建六中顺民意。

千名学子入校园,

传道授业拜良师。

1988.08.28

待客与做贼

家贫过年薄肉菜,

母亲训诫印脑海。

哪有待客使人穷,

更无做贼富起来。

1989.02.06

再品七山西瓜

甜味不与冰糖同,

沙瓤如霞相映红。

香气扑鼻溢室外,

椭圆翠装谢瓜农。

1989.07.24

美誉张大嫂

张大嫂子闫玉芳,

夜打烧饼供市场。

相夫教子敬亲人,

羞沾丈夫[①]职务光。

1989.12.03

[①]丈夫,张性忠,时任县委书记。

苦水三宝

苦水三宝年代远,

冬果甜脆大又圆。

十里八村软儿梨,

玫瑰红霞落满川。

1990.05.05

全县兴农八字方针 [1]

率先拓路畅运输,

奉命治河河龙缚。

通渠更胜降甘霖,

保田单产刷记录。

1991.03.02

---

[1] 农村推行生产责任承包制后,分户经营,本来很脆弱的农村、农业基础设施更加陈旧、落后,严重制约着农村、农业的发展。道路狭窄、河水浸田、水渠不通、耕田受害。县委及时提出了治理方针,大受欢迎。

巧合八二八[①]

八〇七山吃皇粮，

八八六中站课堂。

人生几个巧合日，

挑担树屏任乡长。

1991.08.28

[①] 本人于 1980 年 8 月 28 日分配到七山乡搞教育工作，1988 年 8 月 28 日调永登六中工作；1991 年 8 月 28 日调树屏乡任乡长。

市委农村工作会

团结拧绳拉大船，

承包策略定心丸。

三农齐吹进军号，

挥臂实干移泰山。

1992.01.10

杏花节偶感[①]

西望瀚海凤凰山,

仙君洞旁通海眼。

壬申创办杏花节,

助力经济快发展。

1992.03.19

[①]树屏乡杏花村,群山环绕,东西一沟相通。西端最高处乃凤凰山,山头北望瀚海浩渺,山势真如凤凰昂首向西,奋翅欲飞。山尖有神仙洞、通海眼直通东海普陀山,山下古老杏树丛丛。每到农历二月十九日,观音菩萨诞辰日,杏花盛开、缤纷烂漫,游客纷至沓来,朝山拜佛。故有组织地办起了杏花旅游节。

· 绣洒丁小诗 ·

扶贫开发

树屏人民穷思变，

修好庙宇请神仙。

碱滩养殖规模大，

山沟引资亿万元。

1992.05.23

树屏四件事

平田配套水自流,

治理碱滩绿油油。

启蒙开智兴教育,

优属保障八方筹。

1993.03.06

大办乡企

农耕吃粮五千年，

企业富民利眼前。

栽下梧桐引金凤，

开发荒山盐碱滩。

1993.06.23

敢问路[1]

电话历来手摇机,

项目招商难引资。

政府集资敢问路,

乡级程控首屈指。

1994.07.01

---

[1] 在招商引资过程中,手摇电话通讯落后,致使客商不能落脚。树屏乡政府带头集资,建起2000门数字程控电话网络,省上记者以《敢问路在何方》为题,向全省推广。

支援西槽平田

西槽平田突击战,

树屏百人去支援。

干渠国庆通水日,

十条沙坝直如线。

1994.09.15

政府办公房迁址

政府办公藏山弯,

百姓办事老大难。

今迁道边透明处,

高墙铁门已不见。

1995.09.30

· 统洒丁小诗 ·

别了,树屏![1]

金城河西树为屏,

鲁班赶猪[2]黄河滨。

凤凰展翅杏花村[3],

村外丹霞千秋景。

1995.11.01

---

[1]树屏在黄河西。丝绸古道行至咸水河,四周荒山,唯望见龙王池沟口绿树成片,宛若翠屏,当地人称树儿屏,简称树屏。
[2]树屏流传鲁班赶猪的故事。鲁班决定在金城关建造黄河石桥,石材选自树屏东南石头沟,鲁班把石头点化为一群猪,赶着走,被一位神仙老婆婆道破天机,猪还原为石头,造桥计划落空。
[3]杏花村有凤凰山,站在山头瞭望,北西南三面皆丹霞地貌,如瀚海无边。

农业产业化

规模生产质量优,

连片布局应需求。

龙头经营破壁垒,

市场运行双利流。

1996.08.15

悟放松认真

差毫谬千拿捏度，

从政门道在何处？

朝宗先生[①]论经典，

放松认真两个"不"。

我谓公事持原则，

私事感情常投入。

尝梨知味辩证法，

人人用心才叫悟。

1996.09.03

---

① 朝宗先生，名王朝宗，1929年生，1975年去世，大同镇新农村人，满腹经纶，中华人民共和国成立初任乡长，二次婚姻受挫，闭门在家。1974年本人高中毕业，步入仕途，与他交谈，他语重心长地赠送本人两句话"凡事不要放松，也不要认真。"实践20多年，仍然悟不透其中的深刻含义，把握一个"度"字实在的难。

龙泉中学再迁址

龙中再迁新校址,

教学高楼拔地起。

整合资源趁东风,

治世本业[①]图大计。

1997.02.04

[①]本业,指教育。

日光温室

永登高寒冬天闲,

半年酸菜水拌面。

日光温室换季节,

红绿鲜菜桌上餐。

    1998.03.22

学习何延忠[①]

陇中碧泊誉天下,

带动渔民四十家。

科研新品如春笋,

胡总书记接见他。

1998.12.01

[①] 何延忠,柳树镇复兴村人,永登虹鳟鱼产业带头人,农民发家致富带头人,受到胡锦涛总书记接见,县委发出号召向他学习。

洋 芋

洋芋引种三百年，

产品商品两概念。

北方富裕南方缺，

土蛋摇身变金蛋。

1999.09.27

西 芹

龙泉圣水甲天下,

西芹①外销赖商家。

棵棵玉立翠美人,

品优亩收一万八。

2000.09.30

---

① 兰州高原夏菜,受到南方市场青睐。龙泉寺镇胡家湾村以种植西芹为主,形成规模,加速提高了农民的收入。本村农民依托优质地下水,解放思想,勇闯市场,敢担风险,走出农业产业化之路。

拜见百年老师[①]

百年老师豁达观，

经史子集腹中览。

忠告我辈利天下，

社会主义换人间。

2001.01.29

[①]百年老师，胡姓，1934年4月生，2010年去世，龙泉寺镇胡家湾村人，一生从事语文教学工作，语文功底深厚，饱读史书，博闻强记。步入老年，非常感恩于党、感恩于祖国、感恩于社会主义。忠告我们尽心尽力为社会服务。

一月红提

红提首倡农广校，

光照海拔最重要。

晶莹剔透红玛瑙，

两节[①]鲜食少不了。

2001.12.31

---

①两节指元旦、春节。凭借永登独特的海拔、土壤、区域优势，农广校带头示范，推广优质一月红提，以全国少有的新鲜产品供应两节。

说鹦鹉

鹦鹉学舌千古冤,

八哥巧言禽类冠。

子楚借尸恋阿宝[①],

终成一段奇姻缘。

2002.01.21

[①]《聊斋志异·阿宝》篇记述孙子楚借鹦鹉之体恋爱阿宝的故事。

颂马年 (二首)

一

春花欲放分外香,

楼高首先迎朝阳。

老骥奋起千里志,

踏雪践霜临疆场。

二

马年跨上跃进马,

鸟林唤起冲天鸟。

月娥舒袖舞明月,

柳絮飘转绿生柳。

2002. 春

说苍辰 (二首)

一

夫妻四季不得闲,

鼓励孩子把书念。

成功秘诀勤奋路,

劝尔莫忘《为学》篇。

二

除夕盘算又满年,

德才增长路漫漫。

春种菽粟秋收籽,

点滴佳音慰心愿。

2002.01.21

会宁县抓教育[1]

会宁全境贫资源,

入手教育意志坚。

三苦精神类拔萃,

标新陇上状元县。

2002.01.21

---

[1] 看到一条消息,在北京中关村高新科技创业园,会宁县大学本科学历以上的从事人员有426名,感而动之。想起了他们抓教育的"三苦精神",即苦抓、苦教、苦学。永登县也不小,是否在中关村有人创业,不得而知。

吊宋国栋书记

从军叱咤在疆场，

转业地方搞武装。

跟随妻、子去黄泉，

敢说吝啬阎罗王。

2002.04.04

上川①移民（二首）

一

上川地阔把民移，

生熟②融合总相宜。

移风易俗长补短，

安居乐业富经济。

二

昔居严酷③今移川，

旱涝保收种水田。

国家扶持到位早，

新村面貌两重天。

2002.07.02

---

①上川，上川镇，原古山乡。
②生熟，指外地移民和本地居民。
③严酷，环境艰苦，不宜人类生产、生活。

县作协天祝石门沟笔会

岩石峭壁少年松[①],

阴阳两山各不同。

神泉经轮话沧桑,

喜文作诗常练功。

2002.09.01

---

① 北山阳坡生长灌丛,南山阴坡生长小松树,如少年。

中秋登山[①]

烟笼人家霜笼蒿,

苍辰进山也逍遥。

鲜嗑葵籽夜看星,

梦里滑翔朝天啸。

2002.09.29

[①]一家人去龙泉寺镇长涝池村劳动,晨曦微露,带孩子上山,炊烟四溢,蒿披霜花,嗑着新鲜的葵花籽,孩子叙说梦里滑翔的怡悦,我在感悟。

读《古塞春风》画

古原驿道绕山巅,

塞上英雄戍拓边。

春涧野花少人问,

风送牧羊没夕烟。

2002.11.19

赠存瑞同学

史[①]家绝唱出陇中,

存志高洁入雪松。

瑞祥始自苦寒来,

智慧人生万年荣。

2002.11.23

---

①起句暗藏"史存瑞智"的意思。

官 场[①]（二首）

一

风平浪急小县城，

贪腐谄媚那些人。

忠奸善恶谁为评？

天罗地网呼廉风。

二

关系银子谋肥缺,

升降进退潜规则。

暗送三万差五千,

委派僻乡任副科。

2002.11.28

---

①朋友讲述三年前亲历官场,胆战心惊而作。

读《高举旗帜　讴歌伟业》

高举旗帜有理想，

讴歌伟业信念强。

十二亿人齐声唤，

祖国大厦做栋梁。

2002.12.07

住院乐

住院手术鼻息肉,

虽痛还闲享自由。

建文①适赠作品集,

对话心灵不知愁。

2003.02.20

---

①建文,指缪建文,曾共事于永登六中,在我住院时送了一套《现当代文学作品鉴赏集》。

抗击"非典"

普天劲吹"非典"风,

无须动员自上阵。

村口街头警戒网,

纵然六亲也不认。

2003.03.08

仙芝[①]捐款莫高窟

莫高传奇鸣沙山，

艺术殿堂摘桂冠。

仙芝捐款迟建房，

永登儿女偿心愿。

2003.08.15

---

①仙芝，指高仙芝，龙泉寺镇龙泉村农民企业家。听到敦煌莫高窟受损严重、急需抢修的信息后，推迟自家房屋修建，为抢修莫高窟捐款 5 万元。

赠友人（二首）

一

凤凰山下美德存，

杏花村里古风新。

淘尽红沙玉闪光，

幸逢全泰①写丹青。

· 统洒丁小诗 ·

二

五千昼夜易流逝，

树屏沟岔烙印迹。

鏖战三九山开渠，

春种秋收钤记忆。

2004.01.31

---

①全泰，指王全泰，自小受到良好的家教，秉性耿直，人品高尚。于1991年始，在树屏镇共事，引大入秦工程建设中，跑遍各沟各岔，平田配套，三夏战酷暑，三九斗严寒，永难忘记。

读《成功之路》

感恩挫折事业成[①],

真金百炼方显功。

进退得失顺其之,

好汉竞奔长城路。

2004.03.18

---

① 句末暗藏《成功之路》的意思。

读《不在远方》

桥头觅渡天苍苍，

小舟摇曳雪茫茫。

左撑右划随山转，

蓬莱蓦然在水方。

2004.03.18

赏皋兰梨花（三首）

一

白雪纷纷不觉寒，

原是梨花飞满天。

黄河一湾谁裁出？

金城清韵恋什川。

二

绿树隔阳初夏近，

吹面甚爽梨花风。

万千游客忽消失，

细闻林间欢笑声。

三

这边蛙声那边和，

天空早已挂弯月。

五官才尝醉人意，

难留花魂入黄河。

2005.05.03

天祝赛马会

藏家儿女壮胸怀,

歌潮花海动地来。

乌鞘岭下赛马会,

万人千骑呈风采。

    2005.08.01

科学发展观

树立科学发展观,

以人为本万事源,

全面协调可持续,

统筹兼顾生命线。

2006.01.01

取消农业税

春秋鲁国初税亩，

历朝延续农民苦。

今朝农业税归零，

农村建设高速度。

2006.01.01

振兴三农

农业依实调结构,

农民免税快增收,

农村治理强稳定,

以工补农根富厚。

2006.02.16

送怀舜老师[①]一程（二首）

一

冬雪始融春雪飘，

君今去也天戴孝。

乐观人生风范存，

长留芳名入云霄。

二

龙中教学不计酬，

君任文科地理优。

后勤财务红管家，

全县竞考夺魁首。

2006.02.06

---

①怀舜老师，高姓，龙泉寺镇龙泉村人。1975年和我一块儿进入龙泉中学任民办教员，适逢社（公社）办高中时期，共同投入建校热潮，不计报酬，起早睡晚，没有节假日，勤工俭学，无私奉献。怀舜老师以地理见长，全县竞考，名列第一。之后任总务主任，堪称红管家的殊荣，不辱使命，人人敬服。

送三子[1]创业

鸟儿大了翅膀硬,

海西湖东任打拼。

家中五老[2]共勉励,

增长见识鸽飞信。

2007.04.19

---

[1] 三子,大侄女郑海婷,被青海海西电力公司录取;小侄女郑海珊去青海格尔木盐业公司打工;孩子郑海翼前往苏州工业园打工。
[2] 五老,指母亲、我夫妇俩、弟弟夫妇俩。

下乡归来[①]

霞聚西山兆天外,

坪城下乡刚回来。

通知谈话县委办,

生态保护听委派。

2007.04.19

[①] 当天从坪城乡下乡归来,县委李彦龙书记找我谈话,调我去甘肃连城国家级自然保护区管理局工作。

永登县地名诗[①]

四城民乐两水山，

两棵大树绿三川。

金桥中武连通远，

强县富民看龙泉。

2007.07.27

[①] 永登县辖乡镇22个，城关镇、红城镇、连城镇、平城乡、民乐乡、苦水镇、清水乡、东山乡、七山乡、大同镇、大有乡、树屏镇、柳树乡、中川镇、秦川镇、上川镇、金嘴乡、河桥镇、中堡镇、武胜驿镇、通远乡、龙泉镇。

一送伊人 [1]

大通河畔绿森森,

送夏迎秋听雨声。

不待扬鞭自奋蹄,

清苦做伴度人生。

2007.08.15

---

[1] 收到一位伊人(张银梅)的短信,慨叹生为女人,不像男儿驰骋疆场,人生坎坷,信心不足,送诗以勉之。

读《东周列国志》（二首）

一

五霸七雄星斗转，

烟尘密布无义战。

纵横片言江山移，

豪杰辈出立史篇。

二

礼崩诸子作股肱，

乐坏百家唱英雄。

华夏争鸣千秋事，

难评东周大繁荣。

2007.09.02

二送伊人[①]

秋色醉人可餐,

阳光妩媚深远。

望伊玉立小桥,

蓦然回首魂牵。

2007.09.13

[①] 连阴多天,倏然晴朗,备感亲切。收到伊人短信,随拈几句。

三送伊人

观赏圆月在明晚,

央视预报又阴天。

六步房间待漏沙,

"三星"① 收发雪花言。

2007.09.24

---

① 三星手机,短信如雪花。

中秋短信

东山托起月中秋,

明月万里婵娟秀。

西风云淡河水清,

水连千江着意流。

2007.09.25

雨

故乡三月雨贵油,

准时莅临定丰收。

家禽贪睡粮仓南,

中秋宴客燉鲜肉。

2007.09.25

四送伊人

念伊一段信息情，

三念两念更夜明。

疑是群星落南院，

草坪露珠眨眼睛。

2007.09.25

物是人非[1]

书夹一张贺年卡，

细瞧原是明福发。

十五年前续音尘，

英年魂飞伶仃涯。

2007. 中秋

---

[1] 明月高悬，信手翻书，一张小小贺年卡映入眼帘，乃是十五年前王明福同学所发，物是人非，思绪万千。

中秋遥望张掖郡王刚(二首)

一

忧患白发叹倥偬,

祁连朔漠河西龙。

三十四年治绿洲,

明月笑谈叙苍穹。

二

高中两年柳荫下，

相伴渴知兴中华。

"回潮"① 阳光瞬间逝，

返乡深造考"农大"②。

2007.09.25

---

① "回潮"指"资产阶级教育路线回潮"，是"四人帮"扣在邓小平同志头上的一顶黑帽子。1973年，邓小平同志复出，旗帜鲜明地提出要整顿教育，"四人帮"却污蔑为"复辟""回潮"。

② 农大，指三农（农业、农村、农民）这所大学校。

步原韵和崔教授

京都吐鲁本无涧,

良师[①]清歌绕星汉。

百年蓝图绘绿野,

五族[②]花儿吼云端。

2007.10.20

---

① 良师,指崔教授,名国发,北京林业大学自然保护区学院院长,博士生导师。
② 五族,指吐鲁沟的藏、蒙、土、回、汉等民族。

附：崔教授原诗并注

兰州仙境吐鲁沟[①]

一水切开百里涧，

笔峰峭壁冲霄汉。

无边松杉盖荒野，

多情花儿唱云端。

2007.10.15

[①]吐鲁沟崖壁铅直，峰回路转，松柏森森，清流荡荡，夏如秋凉，瀑布百丈，乃西北奇景。

步原韵和通川先生[①]

文艺胜友雪松会，

林山深处蝶梦飞。

搀扶直上天梯岭，

日暮醉眼觅路归。

2007.11.10

附：通川先生原诗

石门瀑布蓝桥会，

天祝三峡歌声飞。

觥筹交错炭山岭，

醉卧山林不知归。

2007.11.10

[①] 通川先生，名温万寿，退休教师，永登县河桥镇人，书法家。天祝三峡蓝桥会后，有幸相逢，以诗赠我，遂和之。

水

生成云中甚细微，

日光月华孕芳菲。

百川归海性上善，

映射时空滴珠内。

2007.11.12

步原韵和崔君诗（二首）

今日农历十月十四，玉兔当头，嫦娥高悬，收到崔君诗，遂和之。

一

崔君印迹祁连山，

洒下青春丛林间。

金雕振翼蓝天去，

苍龙奋鳍黄海边。

二

淡泊名利诚可贵,

宁静致远上八仙!

赏梅阅菊千百度,

月下对弈两相欢。

2007.11.23

附: 崔君原诗

赠兰州仙境有仁[①]

一

俗世仙境隔千山,

友人情意挂心间。

绿野美景随风去,

花儿[②]余音绕耳边。

二

功名利禄何足贵?

豪饮放歌赛神仙!

春去秋来有几度?

得意时节须尽欢!

2007.11.23

---

①兰州仙境,指甘肃连城国家级自然保护区,位于甘肃省兰州市永登县境内,距兰州城约160公里,区内吐鲁沟美若仙境。
②花儿,指甘肃、青海、宁夏一带流行的一种民间歌曲,曲调婉转,感情丰沛,在吐鲁沟山顶草原,极目远望,林海茫茫,饮酒听花儿,飘然若仙。

护林防火会想起（二首）

一

林区失火惊魂灵，

无穷生物化灰烬。

若使国色添美丽，

我辈不辞先践行。

二

沙尘洪流灾连年,

乱伐滥捕起祸端。

天人和谐划时代,

山清水秀仙下凡。

2007.11.12

初遇徐场长[①]

莅临乐都下北山,

虽寒犹暖心相连。

守望深沟两年代,

荒山变青天变蓝。

2007.11.21

[①] 初次到青海省乐都县下北山林场,遇徐志农场长,护林40余万亩,默默奉献20年,不计个人名利,我甚赞之。

马营佛学院[①]

顺参马营佛学院,

肃穆经堂落林间。

藏家子弟锥刺骨,

不觉日隐星辰显。

2007.11.21

[①] 乐都下北山林场侧,密林深处有一佛学院,我与天祝东坪护林站白万成站长、天堂护林站惠学德站长一块进去,遇一高年级学生,名叫罗什宗智,送我一本《积福消灾之道》,并祝佛赐福于我。学院规模不大,但很精致。

扑火演练 (四首)

一

连城自然保护区,

七十万亩天然绿。

近年冬春物干燥,

封死蚁穴[①]方无虞。

二

黎明警报划长空,

打破酣梦快集中。

灭火器具随人行,

飞赴火场显神功。

三

先锋攀缘如蛟龙,

殿后缒崖似猛虎。

风助火威烈焰升,

火借风势遮天幕。

四

人火大战试比高,

分割合围与包抄。

望闻探拨灭火种,

部署森严报警哨。

2007.12.24

---

①蚁穴,千里之堤毁于蚁穴。

崔院长贺年卡

小小贺年卡,

来自北林大。

字字心跳动,

金玉算个啥?

2007.12.31

迎元日并送伊人

头九八天元日前,

阳光娇媚多留恋。

机缘随伊送如意,

夜半钟声赐福年。

2007.12.31

戊子元宵短信

小年不如大十五,

拜年不如拜十五。

花好月圆盼十五,

年年月月得十五[①]。

2008.02.11

[①]十五,谐音实物、食物。

· 统洒丁小诗 ·

神探狄仁杰[①]

楼船远影水茫茫,

路路荆棘不思量。

阁老神断和民心,

惊涛拍岸千重浪。

2008.03.01

---

①狄仁杰神断五平案,告辞民众,楼船消失在茫茫水面。

雪

与梅争春飞絮白,

飘落枝头梨花开。

入水销形助波澜,

负舟出峡济沧海。

2008.02.22

郎君升职[1]

金城五月杨柳风,

郎君应时职务升。

永登农牧市林业,

两度共事两度跟。

2008.05.06

---

[1] 这一天,获悉郎得晨同志任兰州市林业局局长,又到一个系统共事,上次是20世纪90年代中末期,从树屏跟到龙泉,从龙泉跟到县城,颇有感触。

奥运端午[1]

龙舟竞渡思屈原,

至今流芳读《问天》。

九州欢呼逢盛会,

华夏高歌奥运年。

2008.06.08

---

[1] 2008 年 8 月 8 日,中国举办奥运会,恰逢端午节。

再送伊人

青梅五叶承夏阳，

小溪三泓泼凉爽。

芳踪觅处露如莹，

丽影婆娑风带香。

2008.07.23

乘车游吐鲁沟

吐鲁沟里雾蒸烟,

翠岭青峰天外天。

八方游人惊造化,

万物杂糅画中看。

2008.08.29

登天梯峰

通幽曲径隔红尘，

花木青草若织锦。

一山横绝摩天起，

三千台阶穿绿荫。

2008.08.29

赏花有感 兼寄崔教授

去年今日同上山，

黄花红叶又烂漫。

梦时相圆醒时缺，

崔君英姿尚依然。

2008.09.14

永登六中成立三十周年暨新校园落成庆典

左依青山胜于蓝,

右临绿水浪淘岸。

校园盛装美校风,

群英使命摘桂冠。

2008.10.10

秋 韵

黄叶舞落遍地金，

碧水搅动满溪银。

随心皓月雁声远，

得意天灯照心境。

     2008.10.13

录：伊短信（二首）

无 题

远山初见雪，

寒舍冷似冰。

小女夜苦读，

老父抱暖炉。

伤 逝

细问窗前月，

苦忆河岸人。

昔日呢喃语，

今朝婆娑泪。

2008.10.23

树 菇

朽根为胎生长时,

来自林间人不知。

树菇灵芝黑木耳,

来年相逢曾相识。

    2008.11.16

五一颂

炎黄创世含辛劳,

谋福人类山河造。

锦衣玉食何处来?

纪念五一莫忘了。

    2009.05.01

保护区上交兰州市

大通河上飞浪花,

保护区里弹琵琶。

病树倒下万木荣,

物候复兴百兽家。

     2009.05.08

端阳愉悦

端午吃粽何所思?

阳光长照何所忆?

愉悦感怀爱国情,

快乐勿忘报国志。

2009.05.28

赴连古城保护区考察

连城直达连古城,

自然保护绿荫浓。

休屠①波涌接碧天,

风流人物缚沙龙②。

2009.07.13

---

①休屠,古休屠泽,在今民勤县东北。
②缚沙龙,治理沙漠,保护自然。

步原韵和伊

秋声秋色应时来,

暑寒易节不足怪。

赏心悦目同心游,

天高雁南不可留。

2009.08.23

附:伊短信

秋风秋雨秋意来,

添衫加衣也难怪。

观山看水河畔游,

醉心秋色多逗留。

2009.08.23

马场沟偶得（二首）

一

马场沟卷压山风，

百鸟争鸣嬉戏声。

枯木倾诉惨败事，

唤醒众生保护梦。

二

汗流气促寻路径,

咫尺鸟儿慢不惊。

青黄①高原多仙山,

不及此处舒我心。

2009.10.27

---

①青黄,指青藏高原、黄土高原。

保护区随感（二首）

一

古人放生赞赵简[①]，

伐林罢官誉子产[②]。

环境保护争朝夕，

生态文明和人天。

二

五万公顷石上松，

两大高原挂绿屏。

溪清河晏雕瞰鹿，

养生自然乐胜境。

2009.11.09

---

①赵简，春秋时晋国权臣，他执政时期多次放生。
②子产，春秋时郑国名相，罢免了乱砍林木的三卿。

林业厅护林防火会（二首）

一

天地运转定阴阳，

五行生克万物长。

森林毁于无情火，

千年难补疮痕伤。

二

殷纣烟消摘星楼，

项王云散阿房秋。

八卦烈焰升天山，

赤壁三国烧龙舟。

2009.11.10

苏秦之死（二首）

一

黄沙枯树草掩墓，

奠纸灰飞魂安土。

约纵六国心不同，

难得燕后陪千古。

二

羞辱秦廷孰何忍？

悬梁刺股韬略精。

相印六枚史前无，

战和三寸轻戈柄。

2009.11.24

贺宏云迁新居

都市春天①阳气升,

红梅盛开动金城。

云②芸③新居迁安宁,

八方宾朋喜相逢。

2009.12.05

---

①设宴地点在安宁都市春天生态园,人造红梅盛开。
②云,指主人张宏云。
③芸,指宏云夫人李芸。

冬 至

冬至日短结冰坚,

群鸟归林始心安。

不斗王恺石崇富,

尚盼万千寒士暖。

2009.12.22

平安夜回崔教授

掬一捧大通河水,

提一篮吐鲁风情。

摘一朵山间松叶,

端一盘连城温心。

瞬间敬你随享用,

但愿勿嫌小礼轻。

2009.12.24

连城松

青杆云杉祁连柏,

山脊谷底泻林海。

几度兴废伤往事,

自然保护好运来。

2009.12.25

张家鄂博

海拔一万八百尺,

两省四县听雄鸡。

人善心虔经轮转,

六字真言启慧智。

2009.12.28

派出所三十周年

植根林区三十年,

粗茶淡饭鬓已斑。

人民森警赋奇志,

献身使命护资源。

2009.12.28

性忠师兄的箴言（四首）

坚信党

师兄当年上师大，

盛传党政要分家。

歪风叫嚣"党让权"，

兄言"痴人说梦话。

头颅热血打江山，

人民当家坐天下。

理想信念如磐石，

宗旨服务党伟大"。

好人坏人

为政识别好坏难，

谦恭兼听逆耳言。

宁叫坏人前后骂，

不让好人左后怨。

实 干

上诫跟风骑墙头,

下忌揣测奉承话。

不论何人在当政,

都需大批实干家,

用 人

后人评价性忠好，

官场用人风象标。

不下不上①多庸才，

要上先下主义高。

2010.01.01

---

①下，指下基层任职，考察德能勤绩廉；上，指提拔。经过推行这种制度，全县上下风气正、热气高，干劲大，经济社会变化更大。

参加全市林政执法座谈会

林政执法新规定,

环境资源齐报警。

人与自然和谐生,

万里笙歌颂太平。

2009.12.30

行政人员考核

护林三百六十日,

总结考核一弹指。

奖励驱使齐争优,

自我评价如比翼。

2010.01.02

工勤人员考核

三十六人女士多，

内外包揽干杂活。

小草苔花少不得，

默默无闻向天乐。

2010.01.07

北极星[1]

永登航船破浪前。

书记运筹不畏难。

五十三万人心齐,

智慧决策谋发展。

2010.01.11

---

[1] 永登县政协七届四次会议听县委书记讲话有感。

东风第一枝 [1]

一口风流正确话，

气宇傲岸堪称家。

多谋善断倾心血，

政协亮点赛奇葩。

2010.01.11

---

[1] 永登县政协七届四次会议听史存瑞主席报告有感。

《连城自然保护》创刊

大通河水清又纯,

红桦圆柏万年松。

保护资源建平台,

生命旺于文化浓。

2010.01.19

感悟人生（二首）

一

出身卑微又贫贱，

期盼饱暖太遥远。

改革开创温饱日，

倍洒血汗酬心愿。

二

淡泊功利换心境，

空有牢骚耗生命。

快乐孕育奉献时，

跬步千里陇上行。

    2010.01.21

2010年政协迎春茶话会

欢聚银鑫生态园,

政协迎春喜空前。

红梅红联红灯笼,

共话大计兆丰年。

2010.02.05

迎新春短信

千山竞秀开美景,

万水扬波寄思情。

金牛驮走难忘月,

五虎奋威事业兴。

2010.02.06

钱

一个"钱"字了不得,

看破放下多施舍。

苦寂清廉悟真谛,

拈花微笑常和谐。

2010.04.27

学 习

学习本身无止境，

它与人类相始终。

万卷五车刚入门，

快马加鞭莫停顿。

    2010.05.17

办丧事

人间丧事平常见，

礼节繁杂凭人办。

寄托哀思多条道，

文明安魂亦领先。

2010.05.24

看时间

人人苦叹生命短,

光阴流逝忽然间。

临终执迷还无语,

何必天天白吃饭。

2010.05.24

雷

仓颉造就雨下田,

黑云深处爆炸弹。

抓尽天下坏人头,

只把太平留世间。

     2010.07.15

敬酒归来

小醉犹困抱书眠,

沙发长卧梦也甜。

啾啾似闻窗台鸟,

月色昏纱挂苍天。

2010.07.18

酷夏迎嘉宾（二首）

一

酷暑莅临道酷情，

保护自然心连心。

豪饮佳酿仙界无，

沙海①贵宾送真经。

二

盛夏吐鲁客潮涌,

珍珠梅戏红桦裙。

夜半篝火舞锅庄,

错把青峰作青冢。

2010.07.29

---

①沙海,指民勤连古城保护区,地处沙漠深处。连古城保护区代表团莅临我区,传经送宝。

县政协调研通远团庄村（二首）

一

荒凉团庄变模样，

排排新居美而靓。

农民专家技艺高，

陇椒玉米抢市场。

二

青天红日照山川,

草枯苗焦九年旱。

引来上善天堂水,

通远儿女谱新篇。

2010.08.05

全省棚危改会 (二首)[①]

一

顶风漏雨甲子[②]年,

务林至上苦作甜。

感恩今日好政策,

棚改广厦千万间。

二

百人齐集冶力关,

四级棚改现场看。

你谋我划出奇招,

丰碑作证俱欢颜。

2010.09.02

---

①全省棚户区危旧房改造会议在冶力召开。
②甲子,一甲子,六十年。

赏 月[①]

凡遇中秋多阴天，

痴情华人处处怨。

劝君畅寐做好梦，

赏月不及梦月圆。

2010.09.23

[①] 答谢朋友短信而作。

黄 叶

秋风黄叶飘地上,

腐烂为肥万物长。

来年枝头催新芽,

茂盛凋敝无别样。

    2010.11.01

咏 秋

前人多云秋肃杀，

我谓秋叶胜春花。

落尘秋高目千里，

秋水源流冬春夏。

2010.11.01

郑伯克段[①]

古今褒贬郑寤生,

武姜宠段心贪狠。

子丧母羞怨不得,

不义自毙天作证。

2010.11.01

[①]《古文观止》开头篇《郑伯克段于鄢》,讲共叔段贪得无厌,多行不义必自毙的故事,引人深思。

防火指挥部迎春茶话会

掌声逐浪心扉动,

说唱乐舞显神通。

父子姐妹献绝艺,

天上人间春意浓。

2011.01.20

· 统洒丁小诗 ·

初探吐鲁沟钟乳洞

钟乳洞藏无际涯,

若瞻姿颜只能爬。

千奇情态绘不尽,

万年雕塑落彩霞。

2010.11.17

二探钟乳洞

次晨又爬钟乳洞,

童竹垂帘严霜重。

游人行踪无觅处,

有人盗石我心痛。

     2010.11.18

初春映雪

小雀觅食寻庙堂，

眠蛇苏醒赖洞房。

雪降大地净人心，

远近山川着素装。

2011.02.08

忆初访张国宏[①]老先生（二首）

一

骄阳抚弄柳丝长，

富强村里麦杏黄。

千寻百问张老家，

旧屋木门土掩墙。

二

文海扬帆半世纪，

生活画卷尽入诗。

老伴接待嫌不足，

华藏乐园设宴席。

2011.01.13

---

①张国宏先生，武胜驿镇富强村人，笔名巍岭、果红，1939年生，中国作协、散文学会、诗歌学会会员，甘肃省作协、诗词学会会员，永登县政协1—6届委员，曾任兰州市文联常委、兰州市作协副主席。1958年开始文学创作，1965年出席全国青年业余文学创作代表大会，受到朱德委员长、周恩来总理等党和国家领导人接见。发表诗歌近千首、散文近百篇。出版诗集《桃花雨》《丝路剪影》《圣山神水》等5部作品集。《桃花源探秘》获中国作家金秋笔会征文一等奖，并入编《中国作家创作书系·中国作家创作获奖作品集（2010卷）》。去年麦杏黄时访他，他邀我们去天祝华藏乐园相聚。

闹春雪

是晴不晴,阳光有云。

是阴不阴,飞雪随风。

商人远行,农人耕种。

丰年吉兆,读书安心。

2011.03.14

病中望月

西山红霞余晖晚,

早有圆月偷眼看。

多谢天赐窗外情,

麻冷疼烧随风散。

2011.04.17

森林起火 (组诗)

巳 时

辛卯恰遇六七日,

正是雷神发威时。

灾运触手天王沟,

主峰壮松遭雷劈。

午 时

保护区里悲歌起,

干部职工添思虑。

三十余人扑野火,

杯水车薪不济事。

未 时

火情即刻报上去,

灭火兵力速集齐。

水电先行千人到,

临时帐篷定大计。

申 时

烈焰蒸腾卷半空,

官兵黎民伏火龙。

人势强盛天威衰,

烟尘迷茫无路踪。

酉 时

武警战士十七八,

山顶灭火只能爬。

上身灰土下身泥,

豆大汗珠如雨洒。

2011.06.07

护林员（三首）

一

荷锹背水不呻吟，

赴汤蹈火亦甘心。

不经几番流血汗，

哪得葱茏满山岭。

二

火燎眉毛烟熏脸，

滚下山坡也坦然。

战士听令我守职，

不攀享乐比贡献。

三

雄鸡报晓揉开眼,

干馍冷水往下咽。

家人温馨忘脑后,

盯着消灭烟火点。

感 受（二首）

一

衣带顿宽终不悔，

灭火瘦身诚可贵。

困乏自有酽茶解，

五味混杂呛烟灰。

二

专心护林林为家，

最怕林间把火发。

山峁沟梁脚踏遍，

大地增绿顶呱呱。

2011.06.14

天祝三峡景区庆典

天祝胜境聚三峡,

酥油热茶真回家。

人生缺少石门情,

藏女清歌献哈达。

2011.05.19

真 空

真梦不假睁眼空,

眼见为实梦中空。

睁眼劳神睡安逸,

看破放下自在中。

2011.06.16

金银露梅

金银露梅对对开,

依生密林彩蝶来。

不争日光和月华,

质洁香魂人人爱。

     2011.06.16

皂 角

植根林下人不知,

不与牡丹争春时。

净土皂角吐芬芳,

暑天清凉多寻觅。

2011.06.16

苔 藓

绿绒地毯软绵绵,

牵手群居湿地间。

净水净气净环境,

养生益年谢苔藓。

2011.06.16

林间鸟鸣

咻吱叽喳咕啾声,

金石丝竹哪里闻?

你方唱罢我登场,

鸟国无禁乐永恒。

2011.06.16

红 桦

红桦红桦谁爱她,

细皮嫩肉揽朝霞。

五月余春八月秋,

不嫌夏短飘金发。

2011.06.17

林间清风

林间清风飒飒过,

犹若恋人窃窃诺。

忽上林梢萦三匝,

却下溪边抚小波。

2011.06.17

项 羽

悲剧英雄思项羽，

钜鹿神威秦廷屈。

鸿门钓誉作竖子，

乌江献首何太愚。

2011.06.18

刘 邦

汉家天下赖三杰,

未央运筹千秋业。

大风起兮沛里醉,

病危却医向天别。

　　　　2011.06.18

张 良

孺子可教黄石公，

锁印不与六国封。

暗喻太子迎四皓，

帝师辞尘追赤松。

2011.06.19

孙 子

孙子兵法三十篇,

吴王爱姬初操练。

红颜持戈振军容,

入郢威晋息尘烟。

      2011.06.19

孙 膑

瞒天过海余残膑,

围魏救赵阻桂陵。

减灶添兵锦囊计,

庞涓自负误性命。

2011.06.19

李 斯

定计秦王统天下，

焚书亦遭世人骂。

秦兴秦败李斯也，

国覆家亡一念差。

     2011.06.19

张掖全国湿地保护[①]高研班（二首）

一

张掖湿地掌中宝，

人和动物相安好。

阡陌国土何其大，

沙漠绿洲实微小。

二

国家忧心专家急，

大漠吞噬屡不止。

戈壁水乡治沙路，

多为人类谋福祉。

2011.07.18

---

①湿地保护，是国家保护生态环境重要工作之一，对治理沙漠而言，扩大湿地保护，不失为一项创新之举。张掖湿地集生态保护、科普宣教、生态旅游、文化体验为一体，体现"戈壁水乡""湿地之城"和农耕湿地文化的特征，对于治理沙漠具有重大意义。

黑 河

黑河非黑碧如蓝，

竹节连绵不见天。

顺其自然天赐福，

沙漠绿洲演奇观。

2011.07.19

· 统洒丁小诗 ·

张掖行兼赠王刚[①]同学

岁逾天命[②]赛白驹,

往事几件不度虚。

甘苦迟早应酬勤,

寥廓河西人生旅。

2011.07.20

[①]王刚,龙泉河西人,高中同学,时任张掖市政协副主席。
[②]天命,孔子说,五十知天命。

火焕忠孩子上天津大学

彩宇[①]发奋天津大,

焕忠请客馥馨家。

桂月[②]捧出金徽酒,

嘉宾举杯祝福她。

2011.08.08

---

①彩宇,火彩玉,火焕忠女。
②桂月,陈桂月,火焕忠妻。

雾中细雨

远望山川眼迷蒙,

闻有钟声不见钟。

树下偶尔嘀嗒响,

天幕垂纱万千重。

2011.08.17 晨

泉沟护林点[①]（二首）

一

沙沟岸边山脚下，

稀稀疏疏农人家。

百寻故友[②]不知处，

阴阳山坳吼问答。

二

沟狭小泉水一泓,

水流抒写老薛功。

荒山怀抱千亩翠,

鸟兽归林梦从容。

2011.11.15

---

①泉沟,又名牛头岇,有 1000 多亩森林,远离连城国家级自然保护区,在民乐乡西北角与天祝县古城镇接壤。
②故友,指半脱产护林员薛生荣。

二访张国宏老先生（二首）

一

慨叹一生未入流[①],

建材[②]支撑写春秋。

子女已乘金凤飞,

文坛耕耘织锦绣。

二

经史子集样样全，

书屋醇香非花间。

闹市车喧独幽静，

吟诗华章共书眠。

2012.01.12

---

①入流，古代把九品之内称为入流，这里借指没有进入吃国家粮的行列，终为农民身份。
②建材，自办建材行业的企业——石膏粉厂，利润用来创作作品。

苦水玫瑰节遐想

王母盛宴设何方?

玫仙遥指玫瑰乡。

赤橙黄绿渐迷眼,

天市原本在庄浪。

2012.05.27

枝阳古镇

今名苦水汉枝阳,

古道觅踪夏日长。

边墙烽燧留遗痕,

士农工商出关忙。

    2012.05.28

颂玫瑰节

黄河岸北苦水庄,

朵朵玫瑰露凝香。

游人来往留魂处,

粉蝶更比游人忙。

2012.05.28

· 统洒丁小诗 ·

神舟天宫对接

雅丹清酒杯杯碰,

小醉沙发睡意浓。

贤妻兴叹好日子,

家国两事[①]告成功。

2012.06.16

[①]家国两事,一指国家神舟天宫对接成功,二指孩子相亲有望。

心境如絮

轻风白絮飘河滨,

两小婚动杨柳青。

众里寻觅千百度,

一朝喜逢便敲定。

2012.06.16

说 孝

不忘母训说命大，

选择"性大"策低下。

谁说鞠躬矮半截，

面子尊严你要啥？

> 2012.08.15

闻兴道君[①]西归（二首）

一

拜见夫人不见君，

顿觉黑云心头滚。

人去床空无片言，

望断天涯不归魂。

二

民办培训同学习[2],

向君借粮除杂质[3]。

君住河西我住东,

君栽苹果年年吃。

2012.10.01

---

①兴道君,名刘兴道,非常要好,借机去看望他,夫人啼泣说,已去世。
②1976年五七红转学校培训时结识兴道君,仰慕其人品、精神。
③借粮,借粮食,当时家庭很困难,尤其缺少粮食,向兴道君借粮食,他让妻子除去杂质,选出精品粮食借给我,感动而牢记。

家有黄菊（组诗）

我家黄菊始盛开，

中秋妩媚迎客来。

多谢老母勤呵护，

花魂缕缕降香台。

我嗅黄菊心扉开，

淡薄妄想好运来。

感恩老母精持护，

农家小院媲瑶台。

菊香引得美景开，

生根小院粉蝶来。

小孙攀折母爱护，

拉话家长银烛台。

这朵那朵次第开，

熏风送走西风来。

虫儿毁食雀儿护，

金叶飘落望乡台。

2012.10.03

拜望秀达[①]

八月十五借蒸笼,

中秋月饼送友人。

层层厚意叠叠情,

贫贱之交信至诚。

2012.10.03

[①] 秀达,甘秀达,高中同学,贫贱之交。

讴歌生态文明建设

尊重老天天同覆,

顺应大地地同截。

保护自然多行善,

福田心耕福报来。

2013.01.21

林业厅保护管理会有感（二首）

一

陇原大地降甘霖，

万山增绿面貌新。

上下共谋生态计，

而今又见黄河清。

二

大漠起风不见尘,

千里高原艳阳升。

莺歌燕舞和谐曲,

美丽山河务林人。

2013.01.12

驻防官兵归建（二首）

一

通河深处雨如丝，

春来平缓秋来急。

驻防森警归建去，

六一目送心依依。

二

人民子弟文明师，

森警驻防保护区。

上下左右急难事，

二话不说冲上去。

    2013.06.01

录：龙凤呈祥

崔国发

金龙扶摇奔天宫，

银蛇妙舞降宅中。

满屋人事尽如意，

堂前气象兆丰年。

2013.02.10

听感恩歌[①]

一首一曲感恩歌,

一词一句烙心窝。

拈花微笑悟真道,

奉行众善阿弥陀。

2013.05.19

[①] 参加《中华文化与幸福人生》讲座学习班有感。

连管局三孩高考中榜

赠越昊[①]留美

中川平岘华越昊,

春秋西学读通宵。

朝发金城宿京都,

大洋彼岸作波涛。

2013.07.26

赠伟业题榜

钟灵毓秀大通河,

岸边才子瞿伟业。

力跋书山癸巳年,

指点江山一俊杰。

2013.07.26

[①]越昊,华越昊。

赠赟琪[①]题榜

灵巧女孩男儿志,

勇攀桂冠心不移。

金城岸北师大情,

愿尔谱新木兰诗。

2013.07.26

[①] 赟琪,包赟琪,女。

敦煌沙漠

盐爪枯焦盼日落,

皆怨天公私心多。

南涝北旱两极端,

卷地沙尘吞大漠。

2013.08.28

盐池湾保护区

党河三漩盐池湾,

先民繁衍大漠边。

作息不伤后土身,

保护众生树典范。

2013.08.28

亲临玉门关

往日相思眼前景,

羌笛吹来风清馨。

忽闻关外驼铃声,

玉门关前汗淋淋。

2013.08.29

观雅丹地貌

女娲心动造雅丹,

魔鬼城头九重天。

人面狮身八卦阵,

四海舰队齐扬帆。

2013.08.29

阳关遇故人[①]（二首）

一

梦寻故人十三年，

千里创业走阳关。

倾囊举债利天下，

奇筑沙漠"都江堰"。

二

赤日热浪发阳关,

阳关遗迹犹可见。

回望故人沙丘上,

丘下鱼塘葡萄园。

2013.08.30

---

①故人,何延中,把虹鳟鱼产业做大做强后,移至敦煌。深受沙漠洪水侵害后,开始钻研治理沙漠洪水,被誉为"沙漠渔夫,治水模范"。

沙州 瓜州

沙州挂满葡萄架,

瓜州路边堆甜瓜。

不问来往四方客,

老妪切瓜甜嘴巴。

2013.08.30

朝发嘉峪关

峪关东望霞透红,

趁早赶路雾气浓。

咂舌细品饭后味,

酒泉已没丛林中。

2013.09.01

师 颂

尊师[①]沧桑八旬五,

孔氏盛德彪千古。

忠孝圣训寸草心,

修身教育指门路。

2013.09.19

[①]尊师,孔繁奎,永登教育界名人,一生为教学、教育管理呕心沥血,任劳任怨,品德高尚,堪称楷模,具有孔圣人之遗风。

竹林沟[①] 初冬

竹林沟窄冬来早,

林间踏雪踪迹少。

冰坠串串挂溪边,

大鹏声声呼天晓。

2013.11.16

[①] 竹林沟,甘肃连城国家级自然保护区中部,大通河西,森林茂密,生态良好。

录：山人[①]诗四首

一

苍松古柏傲冬霜，

雪点寒梅小园香。

错认天外飘柳絮，

风吹玉涛飞银浪。

（己丑——2009冬马莲沟放牛时偶得一首）

二

风吹野花香满山，

细雨蒙蒙草生烟。

莺歌燕舞庆盛世，

瑶池仙子思人间。

（辛卯——2011年2月试吟之）

三

二月春风吹雪消,

西寺山色翠如浇。

笑看鲜花红烂漫,

鹤鹿相伴听松涛。

(壬辰——2012年初春试吟之)

四

西寺山前农家院,

笔耕不辍自陶然。

三春野花香满地,

九秋枫叶落半山。

(壬辰——2012年春月试吟之)

---

①山人,原名孙奇伟,生于1958年,永登县连城镇丰乐村四社人,别名泉尔匠,因受泉尔匠护法神保佑,故名。从事放牧、打工、村医等。2014年3月24日于涧沟站西寺沟护林点墙壁,发现山人书法四首诗,清新、自然、淳朴,录之。

祭拜恩师[①]（二首）

一

龙泉泣诉师魂归，

巍山悲歌师德伟。

程门雪凝师何在？

杏坛经纶师追随。

二

传道授业四旬余,

文理并茂两河知[2]。

弟子缅怀恩师去,

两袖风骨垂青史。

2014.04.02

---

[1]恩师,魏旭东,原名魏英山,龙泉镇龙泉村人,精通文理科,严谨治学精神可嘉。受益匪浅,影响深厚。洁身自好,品德昭彰。

[2]文理,文科理科;两河,指庄浪河、大通河,恩师足迹踏遍两河流域。

菩提花发

菩提花发入心脾,

花季女郎折花枝。

夜来新雨知时节,

涮尽尘埃和愚痴。

2014 春

送旺贤兄[①]退休

春雨夹雪送旺贤,

悲欢得失融杯盏。

四十二年绿色梦,

梦圆安享归雁滩。

2014 春

[①] 旺贤兄,马旺贤,河桥镇主卜村人,从事连城保护区工作42年,退休归居兰州市区雁滩。

为孩子结婚而歌（二首）

一

庄浪河畔胡家湾，

郑家海翼二六年。

红叶题诗结伉俪，

汗水筑就幸福园。

二

贤惠温柔徐世倩,

之子于归烂漫天。

任劳任怨传家风,

同心同德谋发展。

2014.04.23

颂馥馨生态园

大通河畔馥馨园,

彩霞①创业排万难。

春风枝头独秀出,

服务惠及八宝川。

2014.05.01

---

①彩霞,指馥馨生态园创始人王彩霞。

赠存瑞同学荣退

门前车渐稀，

佳肴即疏食。

送还乌纱帽，

养怡东篱菊。

谁言鹏鸟归，

冲天正当时。

2014.10.08

水磨沟追彩虹（二首）

一

酉时雷作起波澜，

东望彩虹跨山间。

谁人惊叹入画里？

马良搔首无灵感。

二

长空金蛇舞彩练,

孩童慌恐躲后面。

群山花木皆洗礼,

山沟处处分外艳。

2014.07.24

保护区之秋（二首）

一

深秋深夜发雷声,

全区上下亦惊心。

前年山巅天火起,

百亩森林化灰烬。

二

金叶摇落水清浅,

冷风飒飒喜梅间。

好景不忘保护人,

构筑生态大观园。

2014.10.26

"小雪"降小雪

"小雪"刚过小雪飘，

街头巷尾风萧萧。

顽童牵筛习捕雀，

智叟围炉话富饶。

     2014.11.24

年近甲子有感

吃粮国家四十秋，

贡献无几雪盈头。

喜读不懂半论语，

愧对世人暗自羞。

2015.01.09

考察陕西太白保护区（二首）

一

浩门[①]渭河两流域，

连太[②]结对保护区。

共绘北国美丽梦，

春暖雪融满眼绿。

二

太白金星升天空,

人间太白居关中。

保护管理上台阶,

科技领先正气浓。

2014.11.24

---

①浩门,古浩门河,今大通河。
②连太,指连城保护区和太白保护区。

读张大千《连城享堂峡》画

狂泻通河锁享堂[①],

夹岸峭壁遮屏障。

华夏烟尘要塞处,

万人千年凿康庄。

2015.01.15

[①] 大通河流到连城享堂峡,两岸对峙,狂泻而下。享堂峡是历代通往甘肃、青海的要道,兵家必争之地。

读米德昉《吐鲁小境》画

白雪飒飒林间幽，

鲁班斧下丛峰秀。

四鸟弄情枝上闹，

千头圆柏竞风流。

2015.01.20

市局"三严三实"[①] 研讨会

树茂成材删支枝,

水弥长流封漏隙。

若使大众齐追梦,

党员践行"三严实"。

2015.09.24

[①] 三严三实,即严以修身、严以用权、严以律己,谋事要实、创业要实、做人要实。

貔 貅

谁晓何人拜貔貅?

张开嘴巴吞金牛。

硕大屁股稳坐台,

无肛不泄终负疚。

2015.09.25

吃榆钱

麻雀喳喳惹心烦,

操起柳条快驱赶。

额头碰处榆钱嫩,

朵朵入口满腹鲜。

2016.05.01

胡家湾

远古龙脐①胡家湾，

崇儒耕织撑尧天。

怀念先祖开基业，

激励后辈谱新篇。

2016.05.02

---

①龙脐，《水经注》记载，龙泉有龙。传说在原始社会，西海龙王的外孙小蛟龙降落龙泉。龙头在龙泉村，龙腰在水槽沟村，龙尾在杨家营村，龙脐在胡家湾村。

鸟巢五卵照片

同巢一窝五姊妹,

翅硬时刻各自飞。

功名利禄收获了,

安知父母在南北?

2017.05.16

贺赛拉隆乡文体运动会开幕

大楼拔起赛拉隆,

文化广场国旗红。

强身健体精神好,

藏族儿女把歌颂。

2017.06.17

郑家墩下话古今

丝绸之路杨柳新,

郑家墩下话古今。

高铁闪耀驼铃息,

万国命运若比邻。

2017.07.13

· 统洒丁小诗 ·

贺《红山村史》发行

红山地险扼享堂,

汉唐遗迹涌雪浪。

古宅古井梨园新,

村史人物名流芳。

2017.09.14

逗孙乐 (组诗)

小凯凯[①],跑得快,

老爷爷,追上来。

栽了跟头跌马勺,

捡个香蕉乐开怀。

小敬善,跑得欢,

左看看,右盼盼。

拉着爷爷往前窜,

赶快回家吃饭饭。

2017.07.17

· 统酒丁小诗 ·

庄浪河水哗哗流,

水中小鱼往上游。

摇头摆尾迎浪头,

想让敬善看个够。

小麻雀呀站树梢,

看见凯凯喳喳叫。

叫得凯凯哈哈笑,

笑得麻雀羞跑了。

2017.07.18

---

①郑敬善,乳名凯凯,2016 年 03 月 10 日生。

蝴蝶蝴蝶忙什么?

风大雨猛不用怕。

赶快躲到树叶下,

红花绿叶就是家。

三叶花开香喷喷,

两对蜜蜂飞嗡嗡。

伸手摇落青黄杏,

酸倒嫩牙嘴巴啃。

2017.07.19

· 统洒丁小诗 ·

凉风吹来天阴了，

敬善出门表现好。

依旧树上找香蕉，

突然变成两个桃。

     2017.07.23

玫瑰花呀真好看，

露出朵朵红脸蛋。

河水弹琴风吹箫，

痴心观众郑敬善。

     2017.07.24

关公与保护区（二首）

一

关公豪饮三瓮酒，

酩酊马背昆仑游。

西山大佛[①]邀对弈，

偃月刀[②]赠吐鲁沟。

二

甘青古道[3]阴风吼,

王莽掠货吃人头。

关公当值怒除害,

赤兔蹄印水磨沟[4]。

2017.09.06

---

①著名景区吐鲁沟,山势奇特,有一处造型如佛祖仰卧,名曰西山大佛。
②密林深处,有一地质石城,城门处青龙偃月刀刺天而立。
③水磨沟为古代甘青要道,恶魔王莽当道,路人恐慌,惊动朝廷,恰遇关公当值,怒而杀之。
④至今小土鲁沟口石壁上留有马蹄印。

开心农场（二首）

一

小儿浮躁贪无垠，

大妈抑郁夜难寝。

中年压力无释处，

快去农场开个心。

二

乱石育成绿草坪，

荒滩造就群芳境。

奇险幽峻各逍遥，

主人沉舟建兰亭。

2017.09.23

贺大智叔大婚

胸怀大智天作合,

喜迎花月云飞歌。

人间新添比翼鸟,

来年贵子登高科。

2017.10.12

贺惠花出阁[1]

湟水欢歌高原来,

立统折腰惠花开。

天河牛女结良缘,

众亲益友喜心怀。

2017.11.28

---

[1] 好友罗正清,志同道合。其小女惠花出阁,女婿陈立统,婚礼在红古区海石湾金海大酒店举行,我与妻子带小孙贺之。

讴歌新时代

十九大启时代新,

中华万业高铁行。

天下凝力靠舵手,

五洲命运系共赢。

2017.12.22

苍辰换新岗

海阔鱼奋鳍,

天高鸟展翼。

欲穷万里外,

践行足下始。

2018.01.08

寻桃源（二首）

应童僖先生之约而作

一

万人八方寻桃源，

桃源已迁塘土湾。

淳朴民风桃花开，

积善厚福兴家邦。

二

天河巨龙[①]跨庄浪,

登上天河向北望。

耕读传家和谐村,

丝绸古道启新航。

2018.03.17

[①] 天河巨龙,指引大东二干渠横跨庄浪河渡槽,亚洲第一。

重游杏花村（二首）

一

树屏杏花通海眼，

佛眼直达普陀山。

净瓶借得东海水，

春洒杏花红烂漫。

二

记得当年开发时,

节会台唱经济戏。

而今同饮杏花酒,

七彩丹霞映丽日。

2018.04.04

录：探幽甘州[1]

缪建文

戊戌七月与君访甘州而作

驾车不辞远，

霜鬓千里劳。

心痛郑公苦，

谁谓廉颇老。

---

[1] 编者驾车与建文先生等，去甘州出访。

永洲创业

人生漩涡几起伏，

苦熬极顶高人处。

淘汰只因功一篑，

感恩逆境云卷舒。

2018.09.21

逢国道君（三首）

一

老年大学书法榜，

珠玑小楷闪闪亮。

笔中见性国道君，

非为钓誉名利场。

二

二十年前龙泉逢，

广施善缘佛像生。

信合源头聚义财，

有余不足调均衡。

三

少居陋室难御寒，

牛劲敢探学海浅。

从戎步丈朗玛峰，

手绘吐蕃等高线。

2018.09.27

· 统酒丁小诗 ·

改革开放四十周年习主席讲话有感[①]

觉悟革命四基于,

里程证明飞跃必。

十大坚持新崛起,

两个百年九必须。

2018.12.18

[①] 主要内容内容包括"四个基于""改革开放的总评价""三大里程碑""十个始终坚持""三个伟大飞跃""三个充分证明""九个必须"。

后记

自称统洒丁，即统灵阁洒扫丁。旧宅身后是统灵阁（陶保廉《辛卯侍行记》记载），当地人称八卦阁、火烧阁。丝绸古道穿阁而过。终生喜洒扫为务，愿做洒扫一丁。如洒扫庭室内外，洒扫丝绸古道，洒扫生活过的地方，洒扫心灵尘埃。

故拙作名之《统洒丁小诗》，本不应称作诗，与诗相去甚远，也羞于编排付印。鉴于几位要好朋友撺掇，本人转念一想，也是几十年生活的点滴经历，心有所得，也是一段感情脉络的轨迹，凑合着就用这种形式体现出来，共勉、批评。

在写作、交流、整理、修改、谋划、设计、编排等过程中得到了华发春、史存瑞、王刚、崔国发、魏元道、张性顺、陈兆升、缪建文、高仙芝、童自贵、满自文、路兴国、翟翔、火泽东、杨永洲、魏国道、童僖、陈天来、把多梁、郁斌、陶泽军、赵葳、郑得钦、胡爱年、郑有权、徐世霞、徐世倩、郑海翼等先生、女士的大力支持。

中国书法研究院艺术委员缪建文先生作序。

更离不开相濡以沫、同甘共苦的妻子薛文秀鼎力相助。

在此表示最诚挚的感谢！

郑有仁
2019.04.17